KB265063

줄거리:
뉴올리언스에서 현장 학습 기간 동안 카탈리나 '캣' 듀란
과 그녀의 친구들은 부두교와 얽힌 미스터리들을 해결해
나간다.

뉴올리언스에 들이닥친 좀비

뉴올리언스에 들이닥친 좀비

뉴올리언스에 들이닥친 좀비

The Zombie Who Visited New Orleans

글 · 스티브 브레즈노프
그림 · C. B. 캥거
옮김 · 이지선

사람in
생각학교

미국 현장 학습 미스터리 ❹
뉴올리언스에 들이닥친 좀비

초판 1쇄 인쇄 2011년 3월 25일
초판 1쇄 발행 2011년 4월 5일

글 스티브 브레즈노프
그림 C. B. 캥거
옮김 이지선

발행인 박효상
책임편집 강현옥
편집진행 오혜령
인턴 김지혜, 김희준
디자인 윤주열

발행처 사람in
출판등록 제10-1835호
주소 121-894 서울시 마포구 서교동 378-16번지 강화빌딩 4F
문의전화 02)338-3555
팩스 02)338-3545
Homepage www.saramin.com
e-mail school@saramin.com

::책값은 뒤표지에 있습니다.
::파본은 바꿔 드립니다.

ISBN 978-89-6049-230-1 63940
     978-89-6049-226-4 (set)

사람이 중심이 되는 세상, 세상과 소통하는 책 사람in

기획편집 1팀_ 강성실, 모희진, 이종만, 권희정 | 기획편집 2팀_ 임수진, 김지혜 | 단행본팀_ 강현옥, 오혜령
디자인팀_ 손정수, 윤영선 | 마케팅_ 이종선, 이태호, 이전희, 서은희 | 디지털사업부_ 강현승 | 관리_ 남채윤

★ 차례 ★

카탈리나 듀란

별명 : 캣

생일 : 2월 15일

학년 : 6학년

좋아하는 것:

동물, 환경 보호, 현장 학습

친한 친구들:

사만다 아처, 에드워드 게리슨, 제임스 슈

애들은 시도 때도 없이 너무 어울리는 거 아냐?

알아둘 점:

선생님들과 반 아이들 대다수가

카탈리나를 아주 좋아한다.

어쩐지 말썽꾸러기처럼 들리는데?

에드워드 게리슨(에그)
제임스 슈(껌)
사만다 아처(샘)

미시시피 강을 따라 1장

우리는 **뉴올리언스**로
현장 학습을 가게 되어 그 어느 때보다 들떠 있었다.
뉴올리언스는 아주 멋진 도시이니까,
무엇이든 멋진 것들을
많이 경험하게 될 것이었다.
그뿐만 아니라 뉴올리언스는 **마법과 좀비**
그리고 **괴물들의 도시**이기도 했다!

처음부터 이야기를 해야 할 것 같다.

나는 비행기를 몇 번 타 본 적이 있고, 기차도 가끔 탔다. 자동차, 특히 버스는 아주 많이 타 봤지만 배는 타 본 적이 없었다.

정말 놀라운 경험이었다! 내가 탄 배는 구식 외륜선이 아니었다(나중에 이 옛날 배도 탈 것이다).

이 배는 빨랐다! 선장 아저씨는 이 배가 '수중익선'이라고 하는 고속정이라고 설명했다. 정말로 이 배는 너무 빨라서 강 표면에 떠 있었다.

"와, 진짜 끝내준다."

내 친구 에그가 말했다. 진짜 이름은 '에드워드'인데, 우리는 '에그'라고 부른다. 에그는 카메라를 들어 사진을 많이 찍었다. 에그의 목에는 늘 카메라가 걸려 있다.

껌은 풍선껌을 불어 펑 하고 터뜨린 후 다시 열심히 껌을 씹어 댔다.

냄새로 보아 수박 맛 껌인 것 같았다. 껌의 이름은 원래 ‘제임스’ 지만 우리는 ‘껌’ 이라고 부른다. 껌을 좋아해서 그런 것은 아닌데, 사연이 좀 길다.

샘이 말했다.

“저길 봐. 빅 이지야!”

샘은 늘 아리송한 말을 잘 한다. 제임스를 ‘껌’ 이라고 부르기 시작한 것도 샘이다.

에그와 껌 그리고 나는 샘을 바라보았다.

내가 물었다.

“빅 이지가 뭐야?”

샘이 눈을 크게 뜨더니 내게 미소를 지으며 설명했다.

“뉴올리언스의 별명이야. 너희들은 영화도 안 보니?”

물론 우리도 영화를 본다. 다만 샘이 자기 할아버지, 할머니와 즐겨 보는 그런 영화가 아닐 뿐이다. 샘과 샘의 할아버지, 할머니는 오래된 범죄 소설과 탐정 영화를 좋아한다. 그래서인지 샘의 말투가 좀 이상할 때가 있다.

아, 나는 캣이다. 내 이야기는 나중에 더 하기로 하자.

마침내 배가 멈췄고, 우리 반은 부두로 향했다. 거기에는 한 아주머니가 우리를 기다리고 있었다. 그 아주머니는 키가 컸고, 흰색의 짧은 원피스 차림에 커다랗고 하얀 모자를 쓰고 있었다. 아마도 햇볕을 피하려고 그런 모양이다. 정말 뜨겁긴 했다. 또 아주머니는 흰 가방을 메고 있었다.

아주머니가 말했다.

"여러분, 뉴올리언스에 온 걸 환영해요!"

스페이드 선생님이 미소를 지으며 아주머니에게 다가가 말했다.

"당신이 스텔라 씨로군요!"

아주머니가 고개를 끄덕이며 대답했다.

"네, 맞아요. 여러분이 '뇨올린스'에 머무는 동안, 매 순간마다 내가 여러분을 안내할 거예요."

"뭐랬어?"

껌이 내게 속삭였지만 목소리가 좀 컸다. 껌에게서 나는 냄새로 보아 수박 맛에서 루트 비어 맛 껌으로 바꿔 씹은 것 같았다. 그 애는 단맛이 다 빠지면 얼른 새 껌을 입에 넣는다. 다 씹은 껌은 절대 삼키지는 않는다고 하는데, 정말 그런지는 잘 모르겠다.

스페이드 선생님이 고개를 돌려 껌을 쏘아보자, 껌이 말했다.

"죄송해요."

스텔라 아주머니가 웃으며 말했다.

"괜찮다. 내 억양이 좀 세게 들릴 거다. 난 '뉴올리언스'를

'뇨올린스' 라고 말한단다."

반 아이들이 말했다.

"아아."

"자, 그럼 여러분이 묵을 호텔로 안내할게요."

스텔라 아주머니는 몸을 돌려 부두를 따라 걸었다. 정말 민

첩하게 50미터쯤 걷다가 멈췄다.

아주머니가 미소를 띠고 양팔을 펼쳐 보이며 말했다.

"다 왔어요."

내가 손을 들고 물었다.

"부두에서 잠을 자나요?"

스텔라 아주머니가 다시 웃으며 말했다.

"당연히 아니지."

아주머니는 왼쪽으로 몸을 돌리며 다시 양팔을 들어 올렸

다. 우리도 몸을 돌렸더니, 낡고 커다란 배 한 척이 보였다.

친구들을 쳐다보니, 친구들도 모두 나처럼 어리둥절해 보였다.

스텔라 아주머니가 설명했다.

"여러분은 이 배 호텔에 묵을 거예요. 낡은 배를 호텔로 개조했어요."

이 배 호텔은 우리가 타고 온 배와는 달라 보였다. 오래돼 보이고 강 위를 떠다니지도 못할 것 같았다.

에그가 손을 들고 물었다.

"그런데……. 안전해요?"

스텔라 아주머니가 손사래를 치며 말했다.

"물론 안전하지. 난 늘 여기서 지내는데 한 번도 물에 잠긴 적은 없었단다."

아주머니가 배로 연결된 트랩을 휙 하고 올라가자 스페이드 선생님이 따라 올랐고, 우리 넷도 어깨를 으쓱하며 그 뒤를 따랐다. 이어서 반 아이들도 우리를 따라왔다.

그 진입로는 배 앞쪽의 작은 갑판으로 이어져 있었고, 곧 호텔 안으로 들어갈 수 있는 커다란 출입구가 나왔다. 배 호텔은 사방이 갑판과 난간 그리고 창문들로 둘러싸여 있었다.

마치 뗏목 위에 세워진 빅토리아 시대의 낡고 커다란 집처럼 보였다. 배 뒤쪽 바깥에는 거대한 바퀴가 달려 있었다(봐, 내가 옛날 배를 타게 될 거라고 말했었지?).

스텔라 아주머니가 말했다.

"과거에는 저 바퀴로 배가 움직였어요. 여러분이 타고 온 현대식 배는 더 이상 저 바깥에 달린 바퀴를 사용하지 않아요."

스텔라 아주머니는 배 안으로 우리를 안내했다. 안으로 들어가니 그냥 평범한 호텔 로비 같았다. 프런트와 가슴 부분에 금색으로 '배 호텔' 이라고 적힌 검은 웃옷을 입은 남자도 있었다.

남자가 말했다.

"오셨어요, 스텔라 씨."

그 남자의 억양도 스텔라 아주머니와 비슷했다.

"말씀하신 대로 복사를 해 놓았습니다."

남자가 프런트 위에 놓인 종이 더미를 가볍게 두드렸다.

“고마워요.”

스텔라 아주머니가 상냥하게 말했다.

스페이드 선생님은 프런트로 가서 투숙 절차를 밟았고, 스텔라 아주머니는 그 종이 더미를 집어 들고는 가방을 열어 핀을 두 개 꺼냈다. 그런 다음 벽 쪽으로 걸어가 벽에 걸린 코르크 게시판에 종이 한 장을 핀으로 꽂았다.

에그가 나에게 물었다.

“뭐라고 씌어 있어?”

우리 넷이 무슨 내용인지 확인하려는데, 갑자기 게시판 옆의 문이 휙 열리더니 안에서 한 여자가 목이 터져라 비명을 지르면서 튀어나왔다.

“사람 살려! 사람 살려!”

여자가 소리를 지르며 접수대 뒤로 뛰어들어 몸을 숨겼다.

“무슨 일이에요?”

스텔라 아주머니가 놀란 얼굴로 묻자 여자가 대답했다.

“시, 시, 식당 안에 누군가가 있어요!”

스텔라 아주머니가 물었다.

"누구요?"

여자가 공포에 떨고 있을 때 나와 친구들은 흔들리는 문 쪽으로 슬금슬금 다가갔다. 문 위로는 '피클 부인의 식당'이라고 씌어 있는 간판이 보였다.

우리는 문에 달린 유리를 통해 안을 슬쩍 엿보았다. 그곳은 계산대와 조그만 탁자가 열 개 정도 놓인 작은 식당이었다. 우리는 너덜너덜해진 옷을 입은 덩치가 큰 남자를 발견했다. 그 남자는 우리와 다른 방향을 보고 있었는데, 커다란 나무 의자를 머리 위로 번쩍 들어 올리더니 갑자기 그 의자를 던져 창문을 산산조각 냈다. 나도 모르게 그만 비명을 질렀다.

"아아!"

그 남자가 내 비명 소리를 듣고 우리 쪽으로 몸을 돌렸고, 그 남자의 얼굴을 보자마자 우리 넷은 놀라 숨이 막혀 버렸다. 그 남자가 깨진 창문 너머 강으로 뛰어 내리려던 바로 그 순간, 에그가 사진을 찍었다.

그 남자는 사람이 아니었다. 뭐냐 하면…….

"좀비에요, 좀비!"

프런트 뒤에서 두려움에 떨던 여자가 소리쳤다.

"내 식당에 좀비가 있다고요!"

좀비

2장

"좀비라고? 말도 안 돼."

샘이 말했다.

"샘! 우리도 봤잖아!"

내 말에 샘은 고개를 저었다.

"좀비 같은 건 없어."

스페이드 선생님과 스텔라 아주머니는 놀란 여자를 진정시키려고 애썼다. 내 친구들과 나는 벽을 따라 놓인 커다란 소파에 털썩 주저앉았다.

그때 갑자기 소파 옆에 있는 커다란 화분 뒤에서 한 소년이 나타났다. 우리 또래로 보이는 깡마른 아이였다.

"왜 그리 법석인지 모르겠지만 '뇨올린스'에는 좀비가 많아."

그 아이가 말하자, 샘이 물었다.

"넌 누구야?"

그 아이가 대답했다.

"딜이라고 불러 줘."

껌이 말했다.

"그런데 딜, 비명을 지르며 로비로 뛰쳐나온 그 아주머니만 큼이나 너도 제정신은 아닌 것 같다."

딜이 어깨를 으쓱하며 말했다.

"그럴지도 모르지. 그 아주머니가 우리 엄마야. 저 식당은 우리 거고. 믿건 안 믿건 너희들 맘이지만, 이곳 사람들은 부두교를 믿고 좀비는 부두교하고 밀접한 관계에 있어."

샘은 웃음이 터질 듯해 보였는데, 가까스로 참으며 말했다.

"부두교? 너, 진심으로 하는 말이야?"

딜이 말했다.

"당연히 진심이지."

그때 스텔라 아주머니가 손뼉을 치며 말했다.

"자자, 여러분! 우리는 지금 프렌치쿼터에 갈 거예요."

내가 딜에게 말했다.

"가 봐야겠어. 만나서 반가웠어, 딜."

우리가 자리에서 일어나자 딜이 소파에 앉았다. 나는 걸어 가다가 뒤를 돌아보았다. 딜은 우리가 마치 대단한 실수를 저 질렀다는 듯이 고개를 절레절레 젓고 있었다.

프렌치쿼터는 프랑스인들이 뉴올리언스 안에 건설한 구역 이다. 그곳은 낡긴 했지만 아름다운 건물들로 가득했다. 화려 한 정원과 멋들어진 철제 베란다가 있는 2층 건물들이 쭉 늘어 서 있었다. 아직 이른 오후였지만 거리의 상점과 식당마다 경 쾌한 재즈나 컨트리 음악 그리고 신나는 춤음악인 자이데코가 흘러나왔다.

허리케인 카트리나가 뉴올리언스를 강타했을 때 프렌치쿼
터도 대부분이 물에 잠겼었는데, 우리가 갔을 때에는 거의 원
래의 모습을 되찾고 있었다.

우리가 만난 많은 사람들이 허리케인 때문에 자신들의 삶이
얼마나 크게 달라졌는지를 이야기해 주었다.

그날 본 사람들은 모두가 즐거운 시간을 보내고 있는 듯했
다. 아직 저녁 먹기에는 이른 시간인데도 식당들마다 붐볐다.
'뉴올리언스 최고의 악어 요리집'이라고 적힌 벽보가 붙어 있
는 식당이 있었다.

나는 그걸 보고 몸서리쳤지만, 껌은 얼굴이 환해지더니 나
에게 말했다.

"나도 저거 먹고 싶어!"

우리의 첫 목적지는 세인트루이스 대성당이었다. 1789년에
지어진 미국에서 가장 오래된 성당이다. 우리가 성당 안 곳곳
을 둘러볼 때 스텔라 아주머니가 멋진 것들을 많이 알려 줬다.

그리고 우리를 불러 모으더니 이렇게 말했다.

“이 성당에 얽힌 전설에 따르면, 18세기에 성당을 설계했던

사람들 중 한 명이 여기에 자기를 묻어 달라고 했대요.”

샘이 물었다.

“그 사람이 여기에 묻혔어요?”

“그건 아무도 모른단다.”

스텔라 아주머니가 알쏭달쏭한 표정을 지으며 말을 계속 이

었다.

“하지만 여기에 묻혔다면 아마 이 방에 묻혔을 거야!”

나는 몸이 부르르 떨렸다.

대성당을 둘러본 후, 우리 반 아이들과 스페이드 선생님은

스텔라 아주머니를 따라 근처에 있는 선물 가게로 갔다.

샘이 말했다.

“할머니 선물을 사드려야지.”

우리 넷은 가게 구석구석을 돌아다니며 구경했다. 선반마다

악어 이빨과 색색의 모자들을 비롯해 온갖 종류의 독특한 물

건들이 많았다.

내가 봉제 인형을 들며 말했다.

"얘들아, 이거 좀 봐."

그것은 괴상하게 생긴 얼굴에 머리에는 깃털이 달려 있었다.

"우아, 부두교 인형이잖아!"

껌이 그렇게 말하며 내게서 그 인형을 채갔다.

"난 이거 살래."

에그가 물었다.

"어어, 너 저주하고 싶은 사람이라도 있어?"

껌이 고개를 저으며 말을 이었다.

"아, 넌 아니야! 저주 같은 건 없어."

나는 마르디그라 축제 때 쓰는 화려한 가면을 골랐고, 샘은 나무로 된 작은 구식 배 모형을 골랐는데 우리 호텔하고 비슷해 보였다.

"할머니가 좋아하실 거야. 다 골랐으면 이제 가자."

샘이 말하자 우리 넷은 계산대로 갔다. 한 남자가 의자에 앉아 컴퓨터 화면을 보고 있었다.

빨간색 셔츠에 검은색 바지 차림이었고 수염이 덥수룩했다.

샘이 계산대에 배 모형을 내려놓으며 물었다.

"혹시 부두교에 대해 아는 거 있으세요?"

가게 주인은 컴퓨터 자판을 두드리며 말했다.

"부두교? 그건 사람들을 겁주려고 만든 미신이란다. 그 배는 8달러다."

샘이 주인아저씨에게 돈을 건넬 때, 에그가 물었다.

"좀비는요?"

주인아저씨가 웃으며 말했다.

"애들아, 그건 다 지어낸 거야. 알겠니? 좀비, 저주, 부적, 부두교 인형, 죄다……."

아저씨가 샘에게 잔돈을 건네자마자 의자에서 벌떡 일어나 손으로 자기 엉덩이를 움켜잡는 통에 우리는 아저씨의 말을 끝까지 듣지 못했다.

"아아악!"

아저씨는 엉덩이를 부여잡은 채 소리를 지르며 계산대에서 뛰쳐나왔다. 가게 안을 펄쩍펄쩍 뛰어다니다 진열된 물건들을 엎으면서 고통에 찬 비명을 지르더니 결국에는 가게 밖 거리로 뛰쳐나갔다.

껌이 말했다.

"음, 뭔가 이상해."

내가 맞장구쳤다.

"그러게."

샘이 고개를 저으며 말했다.

"바지가 너무 꽉 껴서 그럴 수도 있어."

우리 넷도 가게 밖으로 나왔다.

"잠깐."

에그가 내 손목을 잡더니 엎드려 바닥에서 무언가를 주웠다.

"애들아, 이거 봐."

에그가 부두교 인형을 우리에게 내밀었다. 분명히 가게 안에 진열된 인형들 중에 하나로 보였는데, 이 인형은 빨간색 셔

츠와 검은색 바지를 입고 있었다. 그리고 누군가가 얼굴에 덥수룩한 수염도 붙여 놓았다.

에그가 그 인형을 뒤집어 보자, 엉덩이에 핀들이 잔뜩 꽂혀 있었다.

3장

그저 장난?

“그래, 그게 바로 부두교의 저주란 거야.”

딜이 고개를 끄덕이며 말했다.

우리는 호텔로 돌아가 딜한테 선물 가게에서 있었던 일을 모두 이야기했다. 딜이 부두교에 대해 잘 아는 것 같아서 어쩌면 우리가 모르는 무언가를 알려 줄지도 모른다고 생각했기 때문이었다.

껌이 말했다.

“안톤 구트만 짓이 분명해.”

안톤은 우리 반 남자아이인데 짓궂은 장난을 잘 친다. 그래서 스페이드 선생님은 안톤 때문에 늘 골머리를 썩곤 했다. 물론 다른 선생님들과 안톤의 부모님 그리고 교장 선생님도 마찬가지였다. 심지어 리버로드에서 피자 가게를 하는 아주머니 그리고 또…….

껌이 말했다.

"그 가게에는 인형이 많았잖아. 아마 안톤이 인형이랑 핀 몇 개를 슬쩍해서 장난친 걸 거야."

"당하는 가게 주인아저씨 입장에서는 장난이 아니었을걸."

내 말에 껌은 고개를 끄덕였고, 샘은 혀를 차며 말했다.

"과연 그럴까? 안톤이 어디서 옷을 구했지? 그리고 수염은?"

"그것들도 가게에서 팔겠지, 뭐."

껌이 말하자 샘이 눈썹을 치켜세우며 말했다.

"그럴 수도 있겠지."

그때 딜이 웃으며 말했다.

"그건 아닌 거 같아. 주술은 아무나 부릴 수 있는 게 아니야."

에그가 말했다.

"그럴지도 모르지만, 네가 안톤 구트만을 몰라서 그래. 얼마나 못됐는지. 장난도 심하고 사람들을 괴롭히는 걸 좋아해."

"누가 나 불렀어?"

안톤이 로비 저편에서 그렇게 묻더니 우리 쪽으로 다가와 우리는 모두 재빨리 입을 닫았다.

"안녕, 안톤. 여행은 재밌어?"

내가 묻자 안톤이 비꼬는 듯이 대답했다.

"응. 아주 끝내주게 재밌지."

안톤이 웃자 안톤의 바보 같은 두 친구도 따라 웃었다. 걔들은 식당으로 이어진 문을 밀고 들어갔다.

내가 딜에게 말했다.

"이제 저녁 먹을 시간이야. 나중에 보자."

식당 안에서는 일꾼들이 깨진 유리창을 갈아 끼우고 있었다. 아저씨들이 일하는 동안, 우리는 햄버거와 감자튀김을 맛있게 먹었다. 물론 나는 채식주의자를 위한 햄버거를 먹었다.

어른들은 '뇨올린스'의 특별한 가재 요리를 시켰는데, 그 가재가 내 눈에는 마치 거대한 벌레처럼 보였다.

어른들은 허리케인 카트리나에 대해 이런저런 이야기를 나눴다. 스텔라 아주머니는 카트리나가 몰아쳤을 때가 살면서 가장 무서웠었다고 스페이드 선생님에게 말했다. 하지만 피클 아주머니는 이렇게 말했다.

"그렇긴 하지만 그 일이 이 도시가 얼마나 멋진 곳인지를 알려 주었죠."

스텔라 아주머니가 고개를 끄덕이며 말했다.

"그건 그래요. 모두가 힘을 합쳐 서로를 도왔어요. 정말 아름다운 일이었죠. 지금도 여전히 그렇고요."

저녁을 먹은 후, 에그가 카메라를 꺼내 찍어 둔 사진들을 훑어보는데 샘이 말했다.

"정말 이상한 일이야. 좀비는 뭐고 저주는 또 뭐야?"

에그가 맞장구쳤다.

"뭔가 으스스해."

웨이터가 와서 접시들을 치우기 시작해서 우리는 대화를 중단했다.

"저기요, 아저씨. 목에 뭐가 묻었어요."

에그의 말에 웨이터가 목을 더듬었다. 목젖 바로 아래에 초록색 얼룩이 묻어 있었다. 웨이터가 수줍게 미소를 띤 채 말했다.

"아, 이거. 브로콜리 수프를 만들다 튀었나 보다. 난 여기서 요리도 하거든. 내일 점심을 위해 특별히 만드는 수프야."

웨이터는 접시를 챙겨 들고 주방으로 갔다. 내 생각에는 그가 당황한 것처럼 보여 이렇게 말했다.

"에그, 네가 아저씨를 난처하게 만들었어."

"하지만 오늘 밤 계속 저러고 돌아다니게 둘 순 없잖아?"

내가 에그의 대답에 어깨를 으쓱해 보이자, 껌이 말했다.

"다시 사건으로 돌아가서……. 내 생각으로는 이 사건은 아주 간단해."

껌은 의자에 등을 기대고 풍선껌을 불면서 말을 계속했다.

"안톤 구트만이야."

"글쎄, 부두교 주술은 아주 복잡해서
아무나 부릴 수 없다고
딜이 그랬잖아."

내 말에 껌이 대답했다.

"주술이 아니라니까! 그냥 장난을 친 거야. 어딜 봐도 안톤이

한 짓이라고 써 있는데 뭐!"

내가 말했다.

"그럼 좀비는? 그건 안톤이 아니었잖아."

샘이 말했다.

"아마 안톤의 일당 중 한 명일 거야."

"하지만 우리가 얼굴을 직접 봤잖아? 난 사진도 찍었는걸."

에그는 그렇게 말하며 카메라에서 그 사진을 찾기 시작했다.

"자, 봐!"

사진이 선명하게 찍히진 않았지만, 분명히 평범한 사람의

얼굴은 아니었다. 얼굴이 흐물흐물하고 초록색에 무시무시했

지만, 사진이 흐릿해서 그것 말고는 달리 눈에 띄는 특징은 없

었다.

샘이 말했다.

"가면을 썼을 수도 있어. 그게 진짜 얼굴이라는 증거는 없잖아."

바로 그때 우리 자리에서 얼마 떨어지지 않은 곳에서 안톤과 그 일당이 크게 웃어 댔다. 그러고 나서 다시 자기들끼리 뭐라고 수군거렸다.

샘이 머리를 흔들며 말했다.

"말이 안 되는 것 같기도 하지만, 이번엔 껌의 말이 맞는 거 같아. 다 안톤 짓이야."

4장 · 안톤의 뒤를 밟다

스페이드 선생님이 예고한 대로 불은 이미 꺼졌고, 우리는 잠자리에 들어야 했다. 하지만 그 시간에 우리 넷은 호텔의 이 층 복도를 살금살금 걷고 있었다.

내가 물었다.

"정말 괜찮을까?"

샘이 말했다.

"날 믿어. 그 악당들이 무슨 짓을 꾸미는지 알아내려면 이 방법밖에 없어."

껌이 어느 문 앞에서 걸음을 멈추며 속삭였다.

"여기다. 17호실, 안톤 일당이 묵는 방이야."

샘이 말했다.

"쉿! 조용히 하고 걔들이 무슨 얘길 하는지 들어 보자."

그래서 우리는 몇 분 동안 문 밖에 옹기종기 모여 기다렸다. 나는 마음속으로 '제발 스페이드 선생님이 지금 나타나지 않았으면!' 하고 빌었다.

껌이 속삭였다.

"이번 현장 학습에 부모님들이 아무도 안 오셔서 다행이야."

샘이 고개를 끄덕이며 말을 덧붙였다.

"할아버지, 할머니도."

바로 그 순간, 방 안에서 문 쪽으로 걸어오는 발소리가 들리자 샘이 속삭였다.

"어서 숨자! 걔들이 밖으로 나오려나 봐!"

우리는 일제히 가장 가까운 모퉁이로 냅다 달려가 몸을 숨기고 주변을 살폈다.

"제발 이쪽으로 오지 말아야 할 텐데."

내가 나직이 말하자, 샘이 고개를 끄덕였다.

다행히도 안톤 일당은 로비로 이어진 계단을 향해 반대쪽으로 갔다.

"따라가자. 무슨 짓을 꾸미려는 게 분명해."

껌이 샘의 말을 반대하고 나섰다.

"따라가자고? 말도 안 돼. 개들은 문을 열어 두고 갔어. 방 안에 증거물이 가득 있을 거야. 들어가서 찾아보자!"

샘이 잠시 고민하더니 이렇게 말했다.

"그럼 둘씩 나누자. 캣과 껌은 방 안에 뭐가 있나 찾아봐."

내가 말했다.

"나? 싫어! 안톤의 물건들을 뒤지고 싶지 않아. 그건 옳지 않아."

샘이 한숨을 쉬며 말했다.

"알았어. 그럼 너하고 에그가 뒤를 밟아. 서둘러야 해!"

에그가 말했다.

“가자!”

에그가 내 손목을 잡았고, 우리는 복도를 냅다 달렸다.

안톤 일당이 이미 아래층으로 내려갔기 때문에 우리도 서둘러야만 했다. 우리는 발끝으로 걸으며 계단을 내려갔다. 이미 불은 다 꺼져 있었다.

내가 속삭였다.

“뭐가 보여?”

에그가 뒤돌아 쉿 하는 소리를 내며 말했다.

“식당 문이 보여.”

문짝에 달린 작은 창문이 어둠 속에서 겨우 눈에 들어왔다. 갑자기 문이 움직였다. 누군가가 문을 열고 있었다.

에그가 말했다.

“개들이 식당 안으로 들어가고 있어. 가자.”

아까보다는 잘 보이긴 했지만, 나는 계속 에그 뒤를 바짝 따라갔다. 어두컴컴한 로비에서 혼자 있는 것보다는 그게 더 나으니까.

에그와 나는 문을 슬쩍 밀었다. 문에서 삐걱 소리가 조금 났지만 아무도 못 들은 것 같았다.

안톤 일당은 주방 안에 있었다. 어찌나 시끄럽게 떠드는지 삐걱 소리가 조금 났는데도 아무도 듣지 못했다.

에그가 말했다.

"뭘 하는 거지? 저러다 호텔 안 사람들 모두 깨겠다!"

내가 대답했다.

"사진 몇 장 찍고 여기서 나가자. 난 들키고 싶지 않아."

에그가 고개를 끄덕였고, 우리는 계산대로 살금살금 기어갔다. 거기서 에그가 안톤 일당을 더 잘 찍을 수 있을 것 같았기 때문이다.

에그가 카메라를 들어 초점을 맞춘 다음 셔터를 눌렀다. 플래시가 터졌고, 나는 비명을 지를 뻔했다.

안톤 일당은 몸이 얼어붙은 것처럼 있다가 우리 쪽을 돌아보았다.

에그가 말했다.

"이런, 플래시 끄는 걸 깜박했어."

그때 우리 위로 불빛이 비췄고, 한 남자의 목소리가 들렸다.

"거기 누구 있어요?"

나는 숨을 죽였고, 에그가 말했다.

"뛰자!"

우리는 발소리를 죽이고 문을 통과해 로비로 나갔다. 나는 소파 옆의 커다란 화분에 걸려 넘어질 뻔했다. 우리는 계단을 찾은 후 껌과 샘을 찾아 위층으로 속력을 내어 달렸다.

"뛰어!"

에그가 그 애들에게 말했다. 우리는 모두 쏜살같이 각자의 방으로 돌아갔다. 한 방에는 샘과 내가, 다른 방에는 껌과 에그가 들어갔다.

내가 남자애들한테 말했다.

"내일 아침에 보자."

그러고는 얼른 문을 닫고 침대 속으로 뛰어들었고, 마침내 한숨을 돌릴 수 있었다.

5장

그날의 수프

껌이 말했다.

"대체 걔들은 저기서 뭘 한 걸까?"

우리는 피클 아주머니의 식당 탁자에 앉아 주방을 물끄러미 바라봤다. 아침을 먹으러 여기에 모일 때까지 어젯밤 일에 대해 한마디도 얘기하지 못했다. 딜도 우리와 함께 앉았다. 그래서 우리는 안톤 일당이 벌인 일을 딜에게 말해 주었다.

내가 물었다.

"너희는 걔들 방에서 수상한 거라도 찾았어?"

샘과 껌이 고개를 저었다.

샘이 말했다.

"아니, 아무것도 못 찾았어. 좀비 가면이나 저주 인형, 그런 건 없었어."

껌이 덧붙였다.

"냄새 나는 양말만 많았어."

"엄마한테 주방에 없어진 게 있는지 한번 여쭤 볼게. 주방에 도둑이 들었다는 말씀은 없었어."

딜이 말하자 캣이 말을 이었다.

"어젯밤 내가 들은 건 남자 목소리였어. 아마 네 엄마는 무슨 일이 있었는지 모르실 거야."

딜이 어깨를 으쓱했다.

"어쩌면 내가 너희들 친구 안톤에 대해 잘못 생각했는지도 모르겠다."

우리 넷이 한 목소리로 말했다.

"걔는 우리 친구가 아냐."

딜이 말했다.

"그래그래, 알았어. 어쨌든 주술을 부리는 방법을 알고 있는
지도 몰라. 여기서 무슨 짓을 꾸미고 있었던 거야."

요리사—어제는 웨이터였던 그 남자—가 주방에서 나왔다.

에그가 그 남자를 향해 턱을 치켜들며 말했다.

"저 아저씨가 어젯밤 손전등을 비췄던 거 같아. 네 아빠야?"

딜이 고개를 저으며 말했다.

"아니, 우리 아빠는 몇 년 전에 이 도시를 떠나셨어. 내가 아
기였을 때. 저 아저씨는 스텔라 아주머니의 애인인 거 같아.
여기서 일한 지는 얼마 안 됐어."

"그래도 요리는 잘했으면 좋겠어? 점심에 나온다는 브로콜리
수프를 기대하고 있거든."

내가 말하자 딜이 나를 이상하게 바라보며 되물었다.

"브로콜리 수프? 오늘은 토요일이니까 검보 수프가 나와. 토
요일엔 늘 검보 수프야."

내가 말했다.

“그래? 아저씨가 온 지 얼마 안 돼서 착각을 했나 보네.”

샘이 얼굴을 살짝 찡그리며 말했다.

“착각이라……. 뭐, 어쩌면.”

6장

용의자들

아침을 먹고 스텔라 아주머니와 스페이드 선생님은 첫 목적지로 우리를 안내했다. 나는 엄청 흥분했다. 우리가 '오듀본 자연 연구소'로 가고 있었기 때문이다!

나 같은 동물 애호가에게는 천국 같은 곳이다. 그곳에는 동물원, 수족관, 아이맥스 영화관 게다가 곤충관도 있다! 이런 곳이 있다는 걸 들어 본 사람은 많지 않을 것이다. 나도 몰랐었다. 우리 반 아이들은 대부분 싫어했지만, 나는 그렇지 않았다.

곤충관에는 나비와 잠자리, 사마귀 같은 아주 멋진 곤충들이 많이 있었다.

게다가 모두 살아 있었다! 나는 거기에 있는 모든 게 다 마음에 들었다.

우리 반이 곤충관을 지나 수족관으로 가고 있는데 갑자기 안톤이 뒤에서 다가와 에그의 어깨를 손가락으로 쿡쿡 찔렀다.

안톤이 속삭였다.

"너였지? 다 알아."

에그가 물었다.

"그게 무슨 말이야?"

우리는 모두 걸음을 멈추고 안톤을 삥 둘러쌌다.

안톤이 말했다.

"어젯밤 네가 우리 사진을 찍었잖아."

안톤 일당이 싸움이라도 할 것처럼 우리 등 뒤로 슬그머니 다가왔다.

안톤이 에그의 카메라를 잡으려는 순간, 껌이 안톤의 손목을 덥석 잡으며 말했다.

"우릴 내버려 둬. 우린 너희한테 아무 짓도 안 했어."

안톤이 말했다.

"사진이 찍혔으면 나하고 친구들이 곤란해져. 우린 그걸 원치 않아."

내가 안톤에게 한 발짝 성큼 다가서며 말했다.

"그러게 피클 아주머니를 놀라게 하지 말았어야지."

"맞아. 어제 선물 가게 아저씨도."

샘이 덧붙이자, 안톤이 웃으며 말했다.

"선물 가게 아저씨라니? 무슨 소리야?"

내가 대답을 하기도 전에 스페이드 선생님이 다가왔다.

“다들 여기서 뭐하니? 다른 애들은 벌써 수족관에 들어갔어.”

내가 말했다.

“죄송해요, 선생님. 그냥 얘기 좀 하고 있었어요.”

샘이 재빨리 내 말을 받았다.

“맞아요……. 나비에 대해서요!”

스페이드 선생님이 말했다.

“알았다. 어서 들어가자.”

그러고는 다시 물었다.

“아, 그런데 말이야. 어젯밤 피클 부인의 주방에서 바닐라 아이스크림하고 초콜릿 소스 그리고 땅콩이 사라졌다는데, 뭐 아는 거 있니?”

나와 친구들은 일제히 안톤을 노려보았다. 안톤은 마치 갓 난아기처럼 순진무구한 얼굴을 하고 천장을 올려다보며 휘파람을 불었다.

추돌 사고

오듀본 자연 연구소에서 나와서는 곧장 경주용 자동차를 타러 갔다. 껌과 샘은 완전히 들떠 있었지만, 에그와 나는 조금 불안했다. 경주용 자동차는 속도가 너무 빠르다!

"헬멧을 쓰니까 괜찮아."

샘은 우리를 안심시키려 했고, 껌도 거들었다.

"안전벨트도 매잖아."

"그렇지, 안전하겠지?"

에그는 말은 그렇게 했지만 여전히 불안해 보였다.

우리가 경주로를 달리는 스무 대 정도의 번쩍이는 자동차들을 보고 있는 동안, 껌은 두 손을 비비고 씩 웃으며 말했다.

"우리 얘기나 하자. 여긴 뭐 배울 것도 없고 벌레도 없고 이상한 라틴어 상어 이름도 없어. 오래된 교회도 없고. 그냥 재밌게 즐기면 돼."

우리는 차례를 기다리는 동안 어젯밤 일에 대해 얘기했다. 안톤과 그 일당은 식당에서 주술을 걸고 있던 게 아니라 아이스크림선디^{과일, 초콜릿, 아몬드 등을 얹은 아이스크림}를 먹으려고 음식을 훔치고 있었던 게 분명하다. 그리고 좀비하고도 아무런 관계가 없을지도 모른다.

샘이 한숨을 쉬며 말했다.

"그럼 아직도 용의자를 못 찾은 거네."

"왔다, 왔다!"

껌이 거의 소리치듯이 말했다. 우리가 경주용 자동차에 탈 차례였다. 어느새 나는 껌과 샘, 에그에게 에워싸여 출발선에 있었다. 열 대 정도의 자동차에 우리 반 아이들이 탔다.

우리 앞에서 빨간색 불빛이 켜졌다가 갑자기 주황색으로 바뀌더니 이어서 노란색 그리고 초록색으로 바뀌었다. 모두가 가속 페달을 밟아 끼익하는 소리와 함께 차를 움직였다. 나와 에그만 빼고. 우리 둘은 뒤로 가려고 함께 붙어 있었다.

"우리가 멀찌감치 떨어져서 가면 다른 차들하고 부딪칠 일은 없을 거야."

차들이 내는 굉음 때문에 나는 에그에게 소리치듯 말했다.

에그가 고개를 끄덕이며 말했다.

"그래, 그러자."

그러나 우리의 계획은 그리 오래가지 못했다. 곧 가장 빨리 달리는 자동차들이 경주로를 이미 한 바퀴 돌고 우리 옆을 지나가고 있었다! 어느새 안톤 일당이 우리를 지나치며 내내 웃어 댔다.

안톤이 자기 차로 에그의 차를 들이받으려는 게 분명했다. 안톤이 에그 뒤를 바짝 따라붙고 있었다.

나는 에그를 향해 소리쳤다.
“뭐 저런 애가 다 있어!
정말 위험하잖아!”

에그는 내 말을 듣고 있지 않았지만, 차를 세우려 하고 있었다. 에그는 앞서 가는 안톤을 보느라 너무 바빴다. 나도 에그 뒤에 차를 세우고 쳐다봤다.

안톤은 다음 커브를 향해 속도를 내고 있었다. 그런데 속도가 너무 빨랐다. 당장 속도를 늦추지 않으면 경주로를 이탈할 것처럼 보였다.

내가 외쳤다.

"속도를 늦춰!"

경주장의 주인아주머니도 그랬다. 아주머니는 부스에서 뛰쳐나와 안톤에게 속도를 늦추라고 소리쳤다. 그러나 이미 때는 늦었다.

눈 깜짝할 사이에 안톤의 차가 플라스틱 벽과 충돌해 잔디 위로 홱 뒤집혔다.

모두가 차를 멈추고 차 밖으로 나와 안톤에게 달려갔다. 안톤은 이미 몸을 일으키며 헬멧을 벗고 있었다.

“내 잘못이 아니에요!”

이렇게 소리친 안톤은 몹시 화가 나 있었다.

주인아주머니가 큰 소리로 다그쳤다.

“커브를 그렇게 빨리 돌면 안 돼! 우리 모두 속도를 늦추라고 외쳤잖니. 바보 같은 짓을 하면 위험해. 네가 죽을 수도 있었다고!”

안톤이 다시 말했다.

“하지만 내 잘못이 아니에요. 정말로 난 바보 같은 짓을 하지 않았어요. 멈추려고 했는데 멈출 수가 없었어요.”

“멈출 수 없었다니 그게 무슨 말이야? 브레이크는 밟았어?”

내가 묻자 안톤이 내게 쏘아붙였다.

“당연히 밟았지. 하지만 브레이크가 말을 안 들었어.”

갑자기 안톤이 경주장 주인아주머니에게 고개를 돌리며 외쳤다.

“우린 고소할 거예요! 아주 위험한 곳이라고 우리 부모님이 고소해서 다신 자동차 경주를 못하게 만들 거예요!”

껌이 말했다.

"진정해, 안톤. 안 다쳤으면 됐지. 상처 하나 없잖아."

안톤이 말했다.

"내 간이 삐었을지도 몰라. 아니면 림프샘이 삐었거나. 누가 알아!"

"어떻게 이런 일이 일어난 거지?"

주인아주머니는 그렇게 말하며 마치 우는 것처럼 양손에 얼굴을 묻었다.

경주장에서 일하는 남자 둘이 안톤의 차를 점검하러 왔다.

자동차 바닥에 뭔가가 두꺼운 테이프로 단단히 붙어 있었는데, 막대기였다. 그 막대기 끝에는 이상하게 색칠한 깃털이 붙어 있었다.

그걸 본 두 남자는 충격을 받은 듯했다. 주인아주머니도 말문이 막혔고, 스텔라 아주머니도 놀라서 금방이라도 쓰러질 것처럼 보였다.

스텔라 아주머니가 말했다.
"불운을 가져오는 부적이야.
부두교의 부적!"

껌이 말했다.

"또 부두교야!"

샘이 고개를 끄덕이며 말했다.

"아니면 뭐 비슷한 것이거나. 이 도시의 모든 관광지가 공격

받고 있는 거 같아. 이번엔 분명히 안톤 짓이 아니야."

"뭐 안톤 짓이라고 해도 별로 놀랍진 않아."

껌의 말에 내가 말했다.

"아휴! 제발, 껌. 안톤이 일부러 사고를 냈다는 거야?"

껌이 어깨를 으쓱하며 말했다.

"걔네 가족이 진짜 고소를 하면 보상금으로 이런 경주장도 살

수 있어. 아마 안톤은 자동차 경주를 좋아할 걸? 그리고 자기

가족이 자동차 경주장을 갖는 게 소원이라고 했었어. 그래서

그 기회를 노리고 일부러 사고를 낸 게 분명해!"

우리는 고개를 절레절레 흔들었다. 껌은 모든 것을 안톤 탓

으로 돌리는 경향이 있다. 나도 평소에는 껌의 주장이 틀리지

않다고 생각하는 편이다. 그런데 이번에는 껌이 좀 지나쳤다.

“딜이야!”

에그가 갑자기 그렇게 말하자 우리는 모두 에그를 바라봤다.

“어, 걔가 왜?”

내가 묻자 에그가 설명했다.

“모르겠어? 딜은 부두교에 대해 잘 알고 있잖아. 또 식당이 좀비의 공격을 받기 전에 피클 아주머니와 요리사 아저씨 옆에는 딜뿐이었어. 딜은 비결도 알고 있고, 기회도 있었어.”

“에그, 나쁘진 않아. 하지만 네가 놓친 게 하나 있는데 범행 동기야. 딜이 왜 자기 엄마와 안톤에게 그런 걸로 겁을 주려고 하는데?”

샘이 묻자 껌이 설명했다.

“좀비의 공격을 받았을 때 딜은 조금도 당황한 거 같지 않았어. 자기 엄마는 프런트 뒤에 숨어서 겁에 질려 있었는데도.”

샘이 말했다.

“그래 맞아. 범행 동기는 우리가 찾아낼 수 있을 거야. 이따 점심 먹기 전에 딜과 얘기를 나눠 보는 거야.”

8장

검보 수프는 녹색이 아니다

우리는 딜을 피클 아주머니의 식당에서 발견했다. 아주머니
는 계산대를 닦고 계셨고, 딜은 식당 안을 왔다 갔다 하고 있
었다. 화가 나 보였다.

딜이 소리쳤다.

"어떻게 식당을 파실 수 있어요? 이게 우리 전부인데."

에그가 나직이 말했다.

"봤지? 둘이 싸우고 있잖아. 네가 말한 범행 동기가 저거야."

샘이 고개를 끄덕였다.

딜의 엄마가 주방 안으로 들어가자, 우리가 딜을 에워쌌다.

샘이 물었다.

"안녕, 딜. 근데 왜 그랬어?"

"뭘?"

딜이 이렇게 물으며 뒷걸음치다 껌과 부딪쳤다.

껌이 물었다.

"왜 좀비로 네 엄마를 놀라게 한 거야? 왜 안톤을 위험에 빠뜨리려고 한 거야?"

"그리고 왜 선물 가게 주인아저씨를 겁 준 거야? 순순히 자백해, 딜. 별로 어려운 얘기도 아니잖아."

샘이 말을 끝내자 딜이 말했다.

"너희들 제정신이야? 난 안 했어?"

에그가 말했다.

"좀비의 공격을 받았을 때 넌 별로 놀란 거 같지도 않았어. 모두가 놀라서 어쩔 줄 몰라 했는데 너만 아니었어. 왜지?"

딜이 대답했다.

"말했잖아. 이 도시 곳곳에 좀비가 살고 있어. 그건 모두가 아는 사실이야."

샘이 말했다.

"이제 그만. 우리가 부두교 같은 건 안 믿는 거 너도 알잖아?"

딜이 말했다.

"정말이야! 부둣가를 따라 내려가면 아이스크림 가게가 나오는데 거기서 좀비를 봤었어. 가게 주인이 가게를 팔고 도시를 떠나기 전에 좀비들이 가게에 여러 번 나타났었어."

샘이 말했다.

"그건 가게를 파는 데 좋지 않을 텐데."

딜이 말했다.

"그런 건 잘 모르지만, 그 가게 아저씨는 하루라도 빨리 여길 떠나고 싶어 했어. 그래서 스텔라 아주머니한테 급하게 가게를 팔았어. 엄마가 그러는데 아주 싼 가격에 팔았대. 하지만 아저씨는 아무래도 상관이 없었것 같아."

그때 요리사 아저씨가 우리에게 다가와 물었다.

“너희들 점심 먹을 거니?”

우리는 반 아이들이 어느새 식당 안에 들어와 자리에 앉아 있는 것도 몰랐다. 아이들은 모두 벌써 음식을 주문했다. 우리 다섯 명도 근처에 있는 자리로 가서 앉았다.

“전 수프를 주문할게요.”

샘이 그렇게 말하며 나에게 윙크했다.

요리사가 미소 지으며 말했다.

“키 큰 꼬마 숙녀는 검보 수프 한 접시.”

샘이 미소를 띠며 다시 물었다.

“검보 수프요? 오늘 브로콜리 크림 수프라고 하지 않았어요?”

그 순간 요리사의 얼굴에서 미소가 사라졌고, 이렇게 말했다.

“아! 내, 내가 착각을 한 거 같다.”

“그럼 그때 아저씨 목에 초록색 얼룩은 왜 묻은 거예요?”

샘이 물었지만 요리사는 그 말을 듣지 못하고 급히 돌아서서 주방으로 들어갔다.

껌이 말했다.

“우리 주문은 안 받았어!”

나는 그 순간 샘에게 미소 지으며 고개를 끄덕였다. 나는 한 가지 묘안이 떠올랐다. 그래서 딜에게 고개를 돌려 물었다.

“그런데 딜, 그 아이스크림 가게는 어딨어?”

9장 진짜 범인은?

"나도 방금 아이스크림 가게에 가자고 하고 싶었는데 잘됐구나. 이렇게 화창한 날에 먹는 아이스크림 맛이 아주 그만이지."

우리 반이 도로를 따라 걷는 동안 스텔라 아주머니가 이렇게 말하자 내가 물었다.

"아이스크림 가게는 안전한가요?"

스텔라 아주머니는 걸으면서 나를 내려다봤다.

"안전하다니? 그게 무슨 말이니?"

에그가 나를 대신해 대답했다.

"거기에는 좀비가 없냐는 말이에요. 캣, 맞지?"

스텔라 아주머니가 고개를 뒤로 젖히고는 소리 내어 웃었다.

"옛날에 이 가게 주인은 아주 강력한 적들을 만났을 거야. 아마 엄청 센 부두교 주술사가 좀비를 불러냈겠지."

"그럼 식당에서 딜의 엄마도 강력한 적들을 만난 거겠네요?"

껌이 그렇게 물으며 풍선껌을 불어 펑 하고 터뜨렸고, 스텔라 아주머니가 움찔했다.

나는 에그에게 윙크를 했다. 우리의 계획을 실행에 옮길 때가 되었다. 에그가 우리를 앞질러 아이스크림 가게 안으로 먼저 들어갔다. 가게 안은 바깥보다 훨씬 더 어두웠다. 스텔라 아주머니가 안으로 들어섰을 때, 에그가 외쳤다.

"좀비라고 말해 보세요!"

에그가 카메라 셔터를 눌렀다. 플래시가 환하게 터지자 스텔라 아주머니는 잠깐 동안 눈이 안 보이게 되었다. 바로 그때 껌이 아주머니의 어깨에 부딪쳤고, 그 바람에 아주머니가 어깨에 메고 있던 가방과 그 안에 들어 있던 것들이 아이스크림 가게의 타일 바닥에 떨어졌다.

우리 뒤에서 오던 반 아이들 모두가 문간에 서서 바닥에 쏟아진 물건들을 내려다봤다. 가게 안에는 완전한 정적이 흘렀다.

"제가 주워 드릴게요."

잠시 후 내가 이렇게 말하고는 서둘러 나섰다.

스텔라 아주머니가 억지로 미소 지으며 말했다.

"아니야, 괜찮아. 내가 주울게."

샘이 아주머니의 팔을 잡으며 이렇게 말했다.

"그러지 마세요! 캣은 남을 돕는 걸 좋아해요."

나는 바닥에 쭈그리고 앉아 핀이 든 상자와
초록색 화장품이 든 통을 주웠다.
그리고 접힌 종이 한 장도.
내가 그 종이를 폈다.

“와, 이게 다 뭐예요?”

내가 물었을 때 스페이드 선생님이 가게 안으로 들어왔고, 나는 선생님에게 그 종이를 건넸다. 스페이드 선생님은 잠시 그 종이를 들여다보다가 스텔라 아주머니에게 물었다.

“호텔 식당을 사실 생각이세요?”

스텔라 아주머니가 대답했다.

“네, 그래요. 피클 부인이 사겠냐고 물어 보더군요.”

스페이드 선생님이 말했다.

“그런데 아주 싼 가격을 제시하셨네요. 이 가격으로는 사기 힘드실 것 같은데요.”

스텔라 아주머니가 어깨를 으쓱하더니 신경질적으로 웃으며 말했다.

“그게 제가 최대한으로 제시할 수 있는 가격이에요. 전 부자가 아니랍니다.”

내가 핀 상자를 들며 물었다.

“그런데 이 핀으로 뭘 하세요?”

스텔라 아주머니가 말했다.

"그거야 물론, 호텔에 지역 사업 광고지를 붙일 때 쓴단다."

샘이 말했다.

"음, 그건 모두 아주머니 사업이겠죠. 그렇죠?"

샘은 내게서 화장품을 건네받아 스텔라 아주머니를 보며 물었다.

"그럼 이건요?"

"그건 초록색 화장품이야."

스텔라 아주머니가 그렇게 대답하며 그 통을 잡으려 했지만, 샘이 재빨리 손을 뺐다.

"지역 공연에서 쓰는 거야. 그게 뭐냐면……. 그게……. 프랑켄슈타인."

껌이 고개를 끄덕이며 말했다.

"그래요?"

그러고 나서 창문 밖으로 얼굴을 내밀며 외쳤다.

"저, 경찰 아저씨!"

“너 지금 뭐하는 거야?”

스텔라 아주머니가 소리치며 달려가 껌의 어깨를 덥석 잡았지만, 이미 때는 늦었다. 근처를 지나던 경찰 아저씨가 아이스크림 가게 안으로 들어오며 물었다.

“무슨 문제라도 있나요?”

스페이드 선생님이 에그를 보더니 샘에 이어 껌과 나를 차례로 쳐다봤다. 나는 선생님에게 고개를 끄덕였다.

스페이드 선생님이 말했다.

“네. 오늘 아침 자동차 경주장에서 있었던 사고의 범인이 스텔라 씨인 것 같습니다. 우리 학생 한 명이 그 사고 때문에 목숨을 잃을 뻔했어요.”

“그게 정말인가요?”

경찰 아저씨가 물었다. 그러고는 스텔라 아주머니에게 다가가 아주머니를 데리고 가게 밖으로 나갔다.

“잠깐만요! 지금 엉뚱한 사람을 잡아가는 거예요. 난, 난 아니에요. 그러니까 난…….”

경찰 아저씨가 차문을 열어 아주머니를 태우는 동안 아주머
니가 하는 말이 들렸다.

스페이드 선생님이 물었다.

"너희는 어떻게 알아낸 거니?"

샘이 미소 지으며 말했다.

"그게 너무 뻔했어요."

내가 말했다.

"안톤이 용의자가 아니라는 걸 깨달았을 때 범행 동기가 단
순히 장난치기 위한 게 아닐 거라는 생각이 들었어요."

에그가 말했다.

"범행 동기는 바로 돈이었어요. 스텔라 아주머니는 돈을 더
많이 갖길 원했어요."

내가 설명했다.

"그래서 이 도시에서 관광객들이 가장 많이 찾는 가게 주인
들에게 차례로 겁을 줬어요."

스페이드 선생님이 고개를 저으며 말했다.

"난 아직도 이해가 잘 안 된다. 그럼 스텔라 씨가 주술을 부렸다는 말이니?"

우리는 소리 내어 웃었고, 내가 말했다.

"물론 아니죠. 그런데 아주머니 애인인 그 요리사 아저씨는 덩치가 아주 커요. 저희가 아저씨 목에 초록색 화장품이 묻어 있는 것을 봤어요."

샘이 말했다.

"그리고 아주머니 가방 안에는 핀들이 들어 있었고요."

스페이드 선생님이 물었다.

"스텔라 씨가 선물 가게 주인한테 부두교 인형을 정말 사용했다는 말이니?"

내가 대답했다.

"아니요. 하지만 아주머니는 실제로 핀을 사용했어요. 주인 아저씨가 앉는 의자에 핀들을 미리 꽂아 놓아 아저씨 엉덩이가 찔리게 했을 거예요. 그렇게 해서 누가 부두교 인형을

사용해 아저씨를 저주한 것처럼 보이도록 했고, 아저씨는
겁을 먹으신 거죠."

에그가 마무리 설명을 했다.

"가게 주인들은 겁을 먹고 스텔라 아주머니가 얼마를 제시하
든 가게를 팔려고 했어요. 그저 하루라도 빨리 떠나고 싶었
을 테니까요."

내가 덧붙였다.

"딜의 엄마도 아주머니의 제안을 받아들이실 것 같아요."

안톤이 우리에게 다가와 말했다.

"잠깐만. 그러니까 나를 죽일 뻔했던 사람이 스텔라 아주머
니라고? 경주장 주인이 아니고?"

우리가 고개를 끄덕이자 안톤이 물었다.

"스텔라 아주머니가 이 아이스크림 가게의 주인이고?"

우리가 다시 고개를 끄덕이자 안톤이 흥분하며 말했다.

"와, 봉 잡았다! 엄마 아빠가 스텔라 아주머니를 고소하면 되
겠네. 난 늘 내 아이스크림 가게를 갖는 게 소원이었는데!"

스페이드 선생님이 눈썹을 치켜 세우며 안톤에게 물으셨다.

"안톤, 넌 아이스크림을 좋아하나 보구나?"

"얼마나 좋아하는데요. 아이스크림은 제가 제일……. 아차!"

선생님이 말했다.

"그럼 안톤, 사라진 바닐라 아이스크림과 초콜릿 소스, 땅콩의 행방에 대해 아는 게 있겠구나?"

안톤은 스페이드 선생님께 맡기기로 하고, 나와 내 친구들은 그 자리를 떠났다. 우리는 이미 진짜 범죄 사건을 해결했으니까.

문학계 소식

수수께끼의 작가
모습을 드러내다!

스티브 브레즈노프는 미네소타 주 세인트폴에서
아내 베스와 아들 샘 그리고 작고 냄새나는 강아지
해리와 함께 살고 있다. 책을 쓰는 일 말고도
그는 비디오 게임과 자전거 타기를 좋아하며,
중학교에서 학생들의 글짓기를 도와준다. 스티브는
거의 언제나 꿈에서 아이디어를 얻기 때문에 잠옷을
입고 있을 때 가장 좋은 글이 나온다.

예술 & 연예

캘리포니아의 화가가 미스터리
해결의 열쇠였다 ─ 경찰 발표

C. B. 캥거는 어릴 때 무척 활동적인 아이였다. 그의 부모는 종이 한 장과
크레파스 몇 개만 주면 이 부산한 꼬마 용이 얌전해진다는 것을 깨달았다.
그때부터 캥거는 그림에 흠뻑 빠졌다. 샌프란시스코 예술 대학에서 삽화를
전공하고 2002년에 졸업한 그는 현재 같은 대학에서 학생들에게 그림을
가르치면서 아내 로빈과 세 아이를 데리고 캘리포니아에서 살고 있다.

탐정 사전

트랩 : 배와 육지 사이를 연결하는 통로.

허리캐인 : 강한 바람과 폭풍우를 동반한 열대성 저기압. 북대서양, 멕시코만 등에서 발생하는데 대부분 소형이지만, 대형은 태풍과 비슷하다.

동기 : 어떤 일을 하게 된 이유.

용의자 : 범죄의 혐의가 뚜렷하지 않아 정식으로 입건되지는 않았지만, 내부적으로 조사의 대상이 된 사람.

부적 : 마력을 가진 어떤 물건.

부두교 : 서인도 제도의 아이티에서 시작된 미국 흑인들 사이에서 볼 수 있는 정령 숭배 관습으로 아이티에서 건너온 흑인 노예들이 정착해 살고 있는 뉴올리언스에서 쉽게 찾아볼 수 있다.

좀비 : 영혼은 없지만 돌아다닐 수 있는 죽은 사람, 살아 있는 시체.

자이데코 : 미국 루이지애나 주 남서부 특유의 대중음악으로 흑인들이 아코디언을 주된 악기로 사용해 연주한 춤곡이다.

검보 수프 : 닭이나 해산물에 오크라(okra)라는 식물을 넣어 걸쭉하게 만든 수프. 프랑스 음식의 영향을 받은 것으로 알려진 루이지애나의 유명한 요리.

캣 듀란

6학년

뉴올리언스

우리가 미국 루이지애나 주에서 가장 큰 도시인 뉴올리언스를 여행했을 때 거기서 만난 것은 좀비와 마법 그리고 불가사의한 사건들이었다. 뉴올리언스는 신비로운 도시로 유명하다. 그러나 실제로 괴물이 나타난다거나 불가사의한 일들이 마구 일어나지는 않는다.

많은 사람들이 뉴올리언스 하면 '마르디그라' 숙제를 제일 먼저 떠올린다. 그 도시에서는 해마다 온갖 종류의 퍼레이드와 파티가 성대하게 벌어진다. 그래서 여러 숙제에 참가하기 위해 전 세계 사람들이 뉴올리언스로 모여든다. 마르디그라 숙제는 전통적으로 '재의 수요일' 바로 전날인 화요일에 벌어진다.

뉴올리언스는 또한 마법이 가득한 곳으로 알려져 있다. 뱀파이어 연대기를 써서 베스트셀러 작가가 된 앤 라이스도 뉴올리언스에서 태어났다. 뉴올리언스에는 마법의 힘을 믿는 종교인 부두교 신자들도 있다.

2005년에 몰아친 초대형 허리케인 카트리나는 뉴올리언스에서 일어난 최악의 재앙이다. 2005년 8월 말, 5등급의 강력한 위력을 발휘한 카트리나는 뉴올리언스를 강타했다. 대다수 사람들이 카트리나가 오기 전에 대피를 했지만, 수천 명의 사람들은 미처 몸을 피하지 못했다. 그래서 루이지애나 주에서만 1,500명 이상이 목숨을 잃었다. 뉴올리언스의 80퍼센트 이상이 물에 잠겼다. 피해 지역 중에는 아직도 완전히 복구가 되지 않은 곳들도 있다. 카트리나는 미국 역사상 가장 끔찍한 재앙이었다고 많은 사람들이 입을 모아 말한다.

현재 뉴올리언스는 피해 복구 사업이 여전히 한창이다. 대부분의 사람들은 자신들의 집으로 돌아갔지만, 아직도 그러지 못한 사람들이 있다. 그 모든 것을 통해 뉴올리언스 사람들의 굳은 의지와 강인한 정신력 그리고 피나는 노력들이 많이 알려졌다.

카탈리나에게 : 참 잘했다, 카탈리나. 뉴올리언스 사람들에게서 많은 영감을 받은 것 같아 선생님도 기쁘구나. 다음에 뉴올리언스에 가거든 가재 요리를 한번 먹어 보렴! - 스페이드 선생님

뉴올리언스, 미시시피 강을 따라 흐르다

미국에서 가장 독특한 도시 뉴올리언스는 미시시피 강이 가로지르고 있는 루이지애나 주의 최대 도시이며 미국의 주요 항구이다. 빅이지(The Big Easy), 놀래(NOLA)라는 별칭을 갖고 있는 뉴올리언스의 문화 유산에는 여러 문화와 다양한 언어가 혼재되어 있다. 뉴올리언스는 미국 식민지 양식의 건축물, 해마다 열리는 다양한 축제, 특히 마르디그라(Mardi Gras) 그리고 특별한 음식, 재즈의 발상지 등으로 유명하다.

재즈의 발상지, 뉴올리언스

뉴올리언스는 재즈의 발상지이다. 재즈는 1835년 콩고 광장에서 노예들이 음악과 춤으로 일요일을 경축하는 데서 비롯된 음악이다. 뉴올리언스에선 해마다 재즈 축제들이 열리는데, 이 축제들은 뉴올리언스와 루이지애나의 원주민 음악과 문화를 기념하기 위한 것으로서 이 도시와 관련 있는 모든 음악을 연주해도 되지만 재즈가 가장 많이 연주되고 있다.

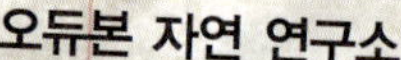

오듀본 자연 연구소

오듀본 자연 연구소는 오듀본 동물원, 미국 수족관, 오듀본 공원, 오듀본 곤충관 등으로 구성되어 있다. 오듀본 곤충관은 뉴올리언스의 곤충학 박물관으로서 50여 종 이상의 살아 있는 곤충들이 전시되어 있다.

세인트루이스 대성당

세인트루이스 대성당은 프렌치쿼터 잭슨 광장 옆에 자리 잡고 있는데, 미시시피 강을 마주하고 있다. 1718년에 지어진 미국에서 가장 오래된 성당으로 1850년에 확장 증축되기도 했다.

오래된 그리고 유명한, 프렌치쿼터
프렌치쿼터는 뉴올리언스에서 가장 오래되고 가장 유명한 곳이
다. 비외카레 역사지구(Vieux Carre Historic District)로 지정되어
있는데, 과거 프랑스인들에 의해 뉴올리언스가 세워졌을 당시에
는 이곳이 도시의 중심지였다.

뉴올리언스의 부두교

뉴올리언스의 부두교는 아프리카 이주민의 전통에서부터 이어져 왔다. 부두교는 유럽과 아프리카의 신앙, 로마 가톨릭이 융합하여 뉴올리언스 문화에 흡수되었고, 현재는 뉴올리언스의 주요 관광거리가 되었다. 뉴올리언스 역사 부두교 박물관(New Orleans Historic Voodoo Museum)에 가면 부두교 의식을 볼 수 있다.

축제의 뉴올리언스

뉴올리언스는 축제의 지역이다. 가장 인기 있는 축제는 마르디 그라(Mardi Gras)이다. 마르디그라는 다양한 지역에서 벌어진다. 좀비나 부두교의 주술사 같은 다양한 복장을 한 사람들이 거리를 누비기도 하고, 주민들이 거리로 나와 사탕과 장난감, 목걸이 등을 받아 가기도 한다. 해마다 열리는 이 축제는 이미 150회 이상이나 열린 전통 있는 축제이다.

좀 더 생각해 보자

1. 우리 반은 뉴올리언스로 현장 학습을 하러 갔어. 너는 어디로 현장 학습을 갔었니? 만약에 네가 현장 학습을 떠날 수 있다면 어디로 가고 싶니?

2. 스텔라 아주머니는 어째서 그렇게 많은 문제를 일으킨 걸까?

3. 뉴올리언스는 2005년에 허리케인 카트리나가 강타했었어. 허리케인과 다른 자연재해들에 대해 우리 이야기해 보자.

너만의 탐정 노트

1. 뉴올리언스의 미스터리를 나와 내 친한 친구들이 풀었어. 너하고 가장 친한 친구는 누군지 얘기해 줄래? 그 애들은 뭘 좋아해?

2. 에그, 껌, 샘 그리고 나는 뉴올리언스로 현장 학습을 가서 딜이라는 아이를 만났었지. 네가 우리 넷 중 한 명이라고 생각하고, 딜에게 편지를 써 보는 건 어때? 현장 학습을 마치고 집에 돌아왔을 때 무슨 일이 있었는지 딜에게 이야기해 줄래?

3. 이 책은 미스터리 이야기야. 너만의 미스터리 이야기를 한 번 써 봐!